陪你直到
暖风世疏

沙 悦 著

SPM
南方出版传媒
广东人民出版社
· 广州 ·

图书在版编目（CIP）数据

陪你直到暖风过境 / 沙悦著. -- 广州：广东人民出版社，2016.12
（2019.3重印）
　ISBN 978-7-218-11400-2

　Ⅰ．①陪… Ⅱ．①沙… Ⅲ．①故事－作品集－中国－当代 Ⅳ.
①I247.81

中国版本图书馆CIP数据核字(2016)第297331号

PEI NI ZHIDAO NUANFENG GUOJING
陪你直到暖风过境　　沙悦 著

版权所有　翻印必究

出 版 人：肖风华

责任编辑：李锐锋　刘　颖
特邀编辑：焦丹阳
封面插图：刘　云
装帧设计：蓝美华

统　　筹：广东人民出版社中山出版有限公司
执　　行：何腾江　吕斯敏
地　　址：中山市中山五路1号中山日报社8楼（邮编：528403）
电　　话：（0760）89882926　（0760）89882925

出版发行：广东人民出版社
地　　址：广州市大沙头四马路10号（邮编：510102）
电　　话：（020）83798714（总编室）
传　　真：（020）83780199
网　　址：http://www.gdpph.com
印　　刷：广东信源彩色印务有限公司
开　　本：787mm×1092mm　1/32
印　　张：7.75　　　字　　数：73.2千
版　　次：2016年12月第1版　2019年3月第2次印刷
定　　价：45.00元

／ 这个世界上
有那么多的花好月圆，

你 却偏偏
选择一个人走十里长街。

如果你能读出

温暖、爱、眷恋,

那是因为你的心本就饱有善良。

3

4

我期待有一天可以和你分享，关于爱、勇气和信念。

——沙悦

序
一

记得第一次看到这些小故事的时候，我是舍不得一下读完的，而我只有在读喜欢的书的时候才会这样，因为好东西要一点点来揭晓。

我觉得，这本书的出版这件事本身就是一个好故事。从沙悦第一次提笔，就注定是个好故事。我想给这个故事取名叫执念。

这是沙悦的一个梦想啊。这当然也是我，还有很多朋友共同的愿望。

沙悦在工作之余写出这些小故事是一种执念，明媚想让更多美好的东西在"为你写诗"上发出来也是一种执念，我们要把这些小故事用最美的方式展示出来还是执念，做成书出版让更多的人读到这些小故事依然是执念。

一群人共同来完成沙悦的这个愿望，一起来做这件美好的事，其实，是最好的执念。我想，在我拿到这本书的时候，它的意义要胜过很多事，我会为这些执念而骄傲。而且，我非常享受这种一群人共同来做成一件事的感觉。

生活不易，我们都在努力。或许，我们心里都有一个小小的愿望，一个小小的梦想，一件如果放弃会心有不甘的事。

那就做个固执的人，暖风会来，你的执念终将开出花来。

没大脑先生

2016 年 4 月 13 日 夜

伯　乐

（一）

沙悦其实是我的同事，哦不，前同事，跟老范一样。

她说，我刚进公司的时候，她就觉得我特别好看，全公司最好看。我相信她。

算起来，我们在工作中的交集其实并不多，最触及灵魂的一次相处就是有一天下班的时候绕着隔壁学校的操场走了三圈。但不知道为什么，我就是特别喜欢她，觉得她人美心善有才华。好在她也喜欢我，真是幸运。

我希望她一直是人美心善写得出更多小故事的少女。

沙悦写的小故事，让人看一眼就爱上。

兔子、长颈鹿、小珊瑚、仙人掌小姐、南瓜先生、海豹妈妈、考拉师傅、大头鲸鱼、松鼠妹子，甚至连香菇、黄桃蛋挞这样的物种都有戏份。你永远都猜不到故事里下一个要登场的到底是谁，你也不会知道这位少女的心里到底藏了多少温柔浪漫的事。

在城市高楼长街巷尾横冲直撞的生活中，沙悦故事中呆萌的主角、窝心的情话、奇思妙想的情节、似曾相识的情绪，都让我感动。读到第33个故事的时候，我终于想明白了，我喜欢这些小故事最大的原因在于，故事里所有的爱都有成功送达。而我偏爱一切圆满的事物。

你我都是正在长大的人，心里的坚持与不甘、骄傲与执拗，像是油灯里的芯，燃一燃要熄了，拨一拨又亮了。真希望一切浪漫的理想，都能不被这个世界打败。

（二）

一直觉得我们做的公众号可能是企业号里面最散漫的公众号了。除了老范，所有编辑、作者、策划和设计都是兼职的。每个人都有各自的工作、生活和学业。

到底是怎样的魔力让我们这些散漫的人能做成一件又一件浪漫的事呢？我也说不清楚。

很多关注我们的人在公众号留言，说你们真棒。说多了，连我自己都要信以为真。就跟沙悦总夸我美似的。

"过去我哪会有明眸烁烁闪耀，全赖在每次你说爱我，我自觉紧要。"

一切无非是"我懂你"的志同道合和"我爱你"的惺惺相惜罢了。

《牧羊少年的奇幻之旅》里最让我动容的一句话是"当你真的想做一件事的时候，全世界都会来帮你。"

你我都是宇宙星空里一粒渺小的尘埃，当引力把我们聚拢在一起的时候可能就变成了一颗自转的星球吧。

我曾经做过一个测试，里面说我有一项优势叫"伯乐"。如果说，我幸运地成为了沙悦这些小故事的第一个"伯乐"，那么现在捧着这本书，看着这些故事的你们，每一个都是伯乐呀。

最后，沙悦说暖风一定会来的，我相信她。

任性少女 may

2016 年 9 月 13 日

Thanks

修咻 & 李冠明

目 录

Contents

Part 1 碾一行爱的错落

1

Part 2 换一圈温暖相伴

3

Part 3   走一段风雨之路

4

Part 4　枕一床记忆叶子

Part 5　谱一曲精彩旅程

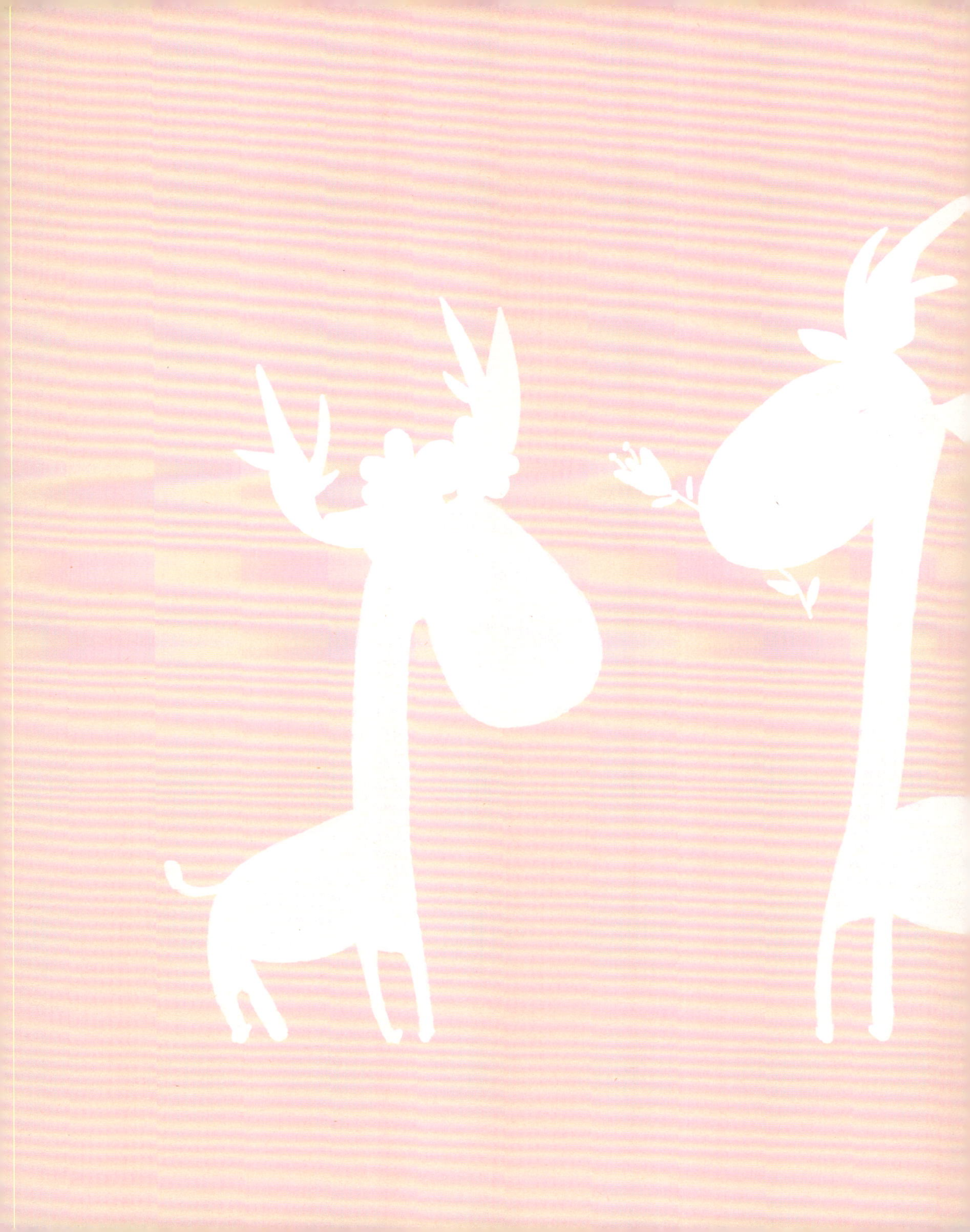

碾一行爱的错落

小姐小姐，

你为什么还痴坐窗前？

远方的人还没到眼前呢。

先生先生，

你为什么还不启程？

阁楼上的小窗还没有推开呢。

天黑路远，夜凉风疾，
在我这里歇一歇吧。

秋意渐浓，织些温暖作陪

　　深夜的原野里，胖南瓜先生静静地蹲在叶子下面，青蛙先生讲悄悄话的声音有些大，将他从睡梦中惊醒。

　　鼹鼠小姐从胖南瓜先生身边经过。

　　"嘿，鼹鼠小姐，"胖南瓜先生叫住了她 。

　　"打扰到你了吗，南瓜先生？"鼹鼠小姐有些不好意思。

　　"不不不，一点也没有。只是，天太黑，路太远，夜凉风疾，在我这里歇一歇吧。"说着说着，胖南瓜先生慢慢敞开了心门。

　　鼹鼠小姐低头走进去，在胖南瓜先生柔软温暖的心里沉沉睡去，不愿醒来。

星空下的按钮

果子狸先生和果子狸小姐一起坐在老树根上看星星。

星空美得像浓烈的油画，每颗星星好像都会说话。

"要是我身上也有一个按钮就好了，"果子狸小姐看着交错闪烁的星光，突然开口说。

"你要按钮干嘛？"果子狸先生看着她。

"这样有一天，我也能在黑夜里温柔地亮起来啊。"

果子狸先生轻轻拿起她的手，放在左边胸口，轻轻按住。

"这样子，你开启了我心上的按钮。"

你都分不清星星和果子狸小姐的眼眸，哪个更亮了。

"你不是有健忘症，什么都不记得了吗？"

"但你的笑容，过目不忘。"

所有记忆的入口

金鱼先生有健忘症，他的世界，铺满大片大片的空白。

水草每天在他面前妖娆，他见面的第一句话总是："你好，请问你是谁？"

海蜇每次经过都会戳他一下，他也总是分不清温柔和疼痛这两种感觉。

直到有一天，小水母游到他身边，他跃起，惊声叫出小水母的名字。

"你不是有健忘症，什么都不记得吗？"

"但你的笑容，过目不忘。"

心 动

Dream

雨水滴入河流的时候，
水草会动心吗？

彩虹横穿天际的时候，
云朵会动心吗？

云雀飞越森林的时候，
枝桠会动心吗？

光线穿透屋顶的时候，
琉璃会动心吗？

黑夜拥抱城市的时候，
梦境会动心吗？

那么，你微笑的时候，
她的嘴角会动心吗？

今夜你会不会来

"为什么我每天晚上都会做奇怪的梦啊？"树懒先生苦恼地趴在树上说。

"你身边睡着你爱的人吗？"树懒小姐坐在旁边看着他问。

"嗯？有关系吗？"树懒先生顺手扯下一片叶子遮住自己的眼睛。

树懒小姐看着从枝桠缝隙里洒下来的阳光，轻轻慢慢地说："如果身边睡着你爱的人，她抱着你，和你说晚安，在你额头轻轻一吻。就像是贴上一道爱的封印，能为你阻隔梦魇，让好梦降临。"

"这样啊，"树懒先生把叶子从眼睛上拿开，嗖地一下坐起来。

"那今晚你会来吗？"

在你看不到的背影里

野篱笆上结樱红的浆果，长耳白兔在阳光下蹦跶半天才吃到三个，每次都在夕阳里惆怅地离开。

矮丛里开蕊香蜜甜的花，高高鹿先生要弯下长长的脖颈才能舔到蜜，每次都揉着酸疼的脖子恋恋不舍地离开。

后来连着好几天，长耳白兔发现野篱笆墙根下都挂着好大一串浆果，她不用蹦很久就能吃到几个。

高高鹿先生也发现，蜜甜的花粉粘在篱笆墙上，再不用每天都揉着酸疼的脖子离开。

长耳白兔以为高高鹿先生不知道，可是高高鹿先生总是能知道，夕阳下有团白色小不点会在跳起够果子的时候顺手把花粉粘在篱笆墙上。

　　高高鹿先生也以为长耳白兔不知道，可是长耳白兔总能闻出那串
樱红浆果上高高鹿先生的独特味道。

　　你不知道，你最知道；

　　爱是付出，爱是得到。

总会有人出现，
用期待的方式爱你

　　章鱼君在珊瑚小姐旁边转了好多圈，刚想开口说点什么，就噎回去，变成一串泡泡。

　　"喂，章鱼君，你经常浮出海面，听说沙滩那边住着爱说反话却因此而快乐的人类，是这样吗？"珊瑚小姐看着转圈的章鱼君，眼睛都快花了。

　　"是、是、是的！"章鱼君紧张得有点结巴。

　　珊瑚小姐摇摆着身子，"就像漂亮的人却总说自己不漂亮，明明不爱吃的东西却一个劲地夸好吃，你觉得呢？是不是这样？"

　　"那我一次也没有偷看过你温柔的裙摆，一点也没有对你纯真的笑容动心。"

　　章鱼君突然不吐泡泡，也不结巴了。

　　"我不爱你，不爱，一点也不！"

"不好意思，那杯水，是我的。"

饮一杯爱情

火龙果小姐的脾气其实没有看上去那么火爆，猕猴桃先生的内心也没有看起来那么冷静。

在 party 上，猕猴桃先生坐在吧台旁，只要了一杯冰水。身后的舞池里，火龙果小姐跳得欢快。

一曲结束，火龙果小姐大笑着走出舞池，在猕猴桃先生旁边坐下，抓起猕猴桃先生的杯子一饮而尽。

"不好意思，那杯水，是我的。"猕猴桃先生好像并不惊讶。

火龙果小姐显然有些害羞了，"可是，现在是我的了！"说罢，自顾自笑起来。

猕猴桃先生觉得，新的人生好像要开始了。

终于能如约而来，在你
年少如花时，守护你度
有阴凉秋有被。

冬天更适合说情话

兔子先生带着兔子小姐跋山涉水来到北极。

"好冷啊，我想回去了。"兔子小姐揉揉快被冻坏的雪白长耳朵。

兔子先生轻轻地把兔子小姐拥进怀里，"这里是不是更适合说情话？"

心里的爱意和温度，发酵成句子，从嘴里说出来的时候，凝结成白气，变成最甜蜜的样子。

飘浮许久，不愿散去。

陪你直到
暖　　风
过　　境

Part　1

"为什么"背后的温柔

蔷薇蔷薇，你为什么还不开花？
晚风还没起呢。

鹿小姐鹿小姐，你为什么还不出门？
鹿先生的领结还没有系好呢。

风信子风信子，你为什么还不去远方？
信笺还没有写满呢。

冬青冬青，你为什么还不长高？
悄悄话还没有说完呢。

蚂蚁蚂蚁，你为什么还不搬家？
蜜糖的滋味还没有尝够呢。

小姐小姐，你为什么还痴坐窗前？
远方的人还没到眼前呢。

先生先生，你为什么还不启程？
阁楼上的小窗还没有推开呢。

爱你，在心里

窗外，阴天。仙人掌小姐有点不开心，她觉得她在仙人掌先生心里好像没那么重要。

嘟了一下午的嘴，皱了一下午的眉，背对窗台呵了一下午的气，然后再擦掉，终于等到仙人掌先生开口。

他把仙人掌小姐拎到身边，认真地说：

"你稍微皱皱眉我都能发现，你说，我把你放在哪里？

"不是一个有长性的人，唯独对你例外，你说，我把你放在哪里？

"知道你坚强，能抵御毒辣的阳光，可是温度稍高一点我就不由自主地担心你。你说，我把你放在哪里？

"从来不会畏惧什么，但你一说委屈，我就心软。你说，我把你放在哪里？"

仙人掌先生慢慢说着，仙人掌小姐就这么慢慢听着，她觉得连自己身上的刺，都柔软得快要开出花来了。

陪你直到
暖　　风
过　　境

Part　1

蛋挞里的爱情

松鼠妹子的蛋糕店里，最招牌的甜点就是黄桃蛋挞，每个黄桃蛋挞里面都会有两颗可爱的黄桃。

这一天，松鼠妹子又早早起来做蛋挞，认真地往每个蛋挞里面放两颗黄桃。

轻悄悄地，一个蛋挞里面传来细微的声音，"嘿，我想去你那里呢。"

另一个蛋挞里面沉默了一会儿，"笨蛋，你不知道一个蛋挞里面，只能有两颗果粒吗？"

"可是，就算变成蛋挞，也不想和你分开啊。"

"那，你来吧。"

于是，就在松鼠妹子转身打开烤箱门的时候，一颗黄桃轻盈地从一个蛋挞跳进了另一个蛋挞里。

"你不觉得挤吗？"

"挤啊，可是只要在你旁边，就怎样都可以啊。"

很快，蛋挞被抢购一空。

"咦？今天我的蛋挞里只有一颗黄桃哎！"狐狸先生觉得很奇怪。

"哇塞！今天我的蛋挞里有三颗黄桃哎！"长颈鹿小姐觉得自己赚到了。

你以为你吃到的只是黄桃蛋挞吗？

可能你吃掉的是一份爱情。

希望回头的时候，是温暖阳光和安心守候。

回头时，你就在身后

向日葵躲在坚果墙的身后，中间隔着豌豆射手、樱桃炸弹、魅惑菇，还有卷心菜投手。

僵尸们跳着舞来了。

向日葵拼命攒阳光。

坚果墙被啃得流出好多好多眼泪。

向日葵隔着很远问坚果墙疼不疼。

坚果墙从泪光中挤出笑容，说："那要看是谁在我身后了。"

希望回头的时候，身后不是空无一物，是温暖阳光和安心守候。

你看，那么多美好的事物，看起来也只是和你有关而已。

嘿！我带你去看披着雨的海平面吧。

再美不过情人眼

下雨了，海面下也热闹起来。

大头鲸鱼游到小珊瑚旁边，轻轻地说："我带你去看披着雨的海平面吧。"

小珊瑚兴奋地爬上了大头鲸鱼的背。

大头鲸鱼游出去好远，一下跃起，在海面上留下了小珊瑚一连串兴奋的尖叫和清脆的笑声。

"看到了吗？漂亮吗？"大头鲸鱼又带着小珊瑚潜入了海底。

"嗯，漂亮！"小珊瑚轻轻地在大头鲸鱼背上点点头，"那么多的雨点，打在海面上，都像是你笑起来的酒窝。"

你看，我眼里美好的事物，都只是因为和你有关。

爱的代价

　　甜筒小姐在很努力地跳绳，香甜的奶油汗珠一滴滴落下来。

　　"天呀，亲爱的，你不能再跳了！"一旁的红豆雪糕小姐惊恐地叫起来，"再跳你就融化掉了！"

　　"没关系，"甜筒小姐气喘吁吁地说，"可爱多先生说他喜欢瘦一点的姑娘。"

　　任何事情，如果是心甘情愿，就都简单明了，也就没有什么累不累，苦不苦的说法。怕只怕某一瞬间突然醒悟过来，会苦得直钻心底，直入骨髓，那就是真的苦了。

　　甜筒小姐，等你融化了自己的时候，可爱多先生就算再喜欢瘦姑娘，也没办法去喜欢什么都没有的你了。

陪你直到
暖　　风
过　　境

Part　1

我要一个"刚刚好"

桔子小姐走了好远的路慕名来到这家店。

"老板你好，我走了好久好久才找到你这里，我要一个'刚刚好'。"

"对不起，卖完了。"葡萄店长正准备打烊。

"那我明天早点来，会有吗？"桔子小姐有点失望地问。

葡萄店长停下手里的活儿认真地说："桔子小姐，不好意思，我们店里的'刚刚好'不是先到先得，越早越好，而是要在刚刚好的时候才会有。"

那什么样的时候才是刚刚好的时候？

在刚刚好的时候，遇见你。

蜂蜜味的吻

苦瓜君今天打算和花生小姐表白。

等到浪漫的云霞爬上天际的时候，苦瓜君悄悄靠近花生小姐。

"美丽又可爱的花生小姐，今天的日子好特别哦。"

"嗯，可是，可是……"

"可是你不爱我，是吗？"苦瓜君心都快碎了。

"其实，也不是啦，"花生小姐犹豫了好久，"就是怕接吻的时候，会觉得苦哎。"

苦瓜君执着地说："那我每天都吃蜂蜜好不好？"

"嗯，那，那好吧。"

最好的爱，也许不是去寻找最合适的，而是为了彼此能在一起，努力变成最适合的。

我，可以吻你吗？

与你相爱，是我做过最好的事。

一整片海洋，都是你的影子

鲸鱼君失恋了，整个海洋看起来都好像不那么蓝了。

他再也不把水柱高高喷起，托成水花，昭示爱情；

再也不轻拍尾巴，制造出微微又刚刚好的波纹，传递思念。

他每天失魂落魄地在海里游荡，找不到一丝方向。

虎鲨君看不下去了，"我再给你介绍一个漂亮又可人的女朋友吧。"

"不，我不需要，"鲸鱼君不为所动。

"为什么？"虎鲨君不得其解，"新欢是良药呀。"

"她把生活的所有基调都定得高高的，让以后的标准都无从降低。我现在看谁都只能是，她的影子。"鲸鱼君靠在一块礁石上淡淡地吐着泡泡。

百毒浸身，也要抱你

忍冬开着白色的花，弯下腰偷偷靠近半夏，半夏蜷缩起叶子，难过地低下头说："对不起，我有毒。"

"可是我不怕啊，"忍冬一手把半夏拥在怀里。

另一只手把刚刚枯萎的两片花瓣，悄悄藏在身后。

若是真爱，哪会存在，我手里拿着刀没法抱你，放下刀没法保护你。

若是真爱，就算百毒浸身，也要抱你。

风起思念浓，无人应归期

起大风的时候，大家都急着赶回家，只有白鹭先生怔怔地站在风里。

"快点回家吧，小心大风把你吹跑。"蜂鸟仓促地扇着翅膀，头也不回地往前飞。

"你—还—好—吗？"白鹭先生朝着风吹走的方向呼喊，洁白羽毛片片飞舞。

风这样大，应该足够把我的思念吹到你身边吧。

想到这里，白鹭先生放心地撑开翅膀，走进了风里。

嘿，我想你了！

你在来的路上

仓鼠小姐被困在了木刺丛生的灌木林里，为了寻找出口，遍体鳞伤。

当木刺扎进掌心时。

当烈日灼伤皮肤时。

当暗夜成为梦魇时。

当方向尽失无从找寻时。

也想过就此放弃只此一别，却又没有办法抗拒，想要出去再看一眼他美好笑容的冲动。

所以，当仓鼠小姐最后真正站在他面前的时候。

仓鼠先生心疼地看着她满身的伤。

而仓鼠小姐只是看着他的笑容，轻描淡写地说：

"真好，都过去了，你的笑容就在身边，而未来也正在来的路上。"

陪你直到
暖　　风
过　　境

Part　1

若是殇千万，何必王一场

每天微光初现时，羚羊先生便奔跑在广袤的草原上。

趟，湍急的河流。

跃，陡峭的悬崖。

奔，没有终点的方向。

受，累累叠叠的伤。

想成为，她心中，强壮的、英勇的、无上的王。

羚羊先生并不知道，其实他每天都奔跑在她眺望担忧又不敢流露的深情目光中。

只顾追逐远之又远的光环，却错过每天清晨薄暮间爱人眉眼里的变化。

既如此，为王又如何？

不必执意登顶，也可安心，笑迎良人归。

陪你直到
暖　　风
过　　境

心动的痕迹

小豌豆荚有一张很特别的图纸。

隔壁的小西红柿抬起红扑扑的脸蛋冲他笑一下，他就在坐标轴上放一颗豌豆粒。

小西红柿皱皱眉头，他就在坐标轴上挖一个洞。

小西红柿高兴得手舞足蹈扭扭腰肢，他就在坐标轴上放一朵豌豆花。

时日越久，图纸上的内容越丰富。

一天清晨，小豌豆荚把图纸慢慢平铺开来。

醉人阳光下，图纸竟像人类的心电图，波动起伏着的，全是小豌豆荚心动的痕迹。

心思树

刺猬小姐和刺猬先生去摘果子。

大树下面，刺猬先生一边小心翼翼地将背上的果子取下来，擦干净，送到刺猬小姐嘴边，一边逗趣地讲着笑话。

刺猬小姐笑得前仰后合，突然，她收起笑脸，哎呀一声。

"怎么了？"刺猬先生关切地问。

"我把枣核吞进肚子里了。"刺猬小姐眼泪汪汪。

"哈哈，小心长出一棵枣树，上面结满你的小心思哦。"

刺猬小姐立刻捂住嘴，脸红地偷偷瞥了刺猬先生一眼，生怕长出一棵心思树来。

如果爱你，也能练习

小松鼠在练习磕松果，一下一下，磕得特别认真。

突然他停了下来，抱着磕了半天也没开的一颗松果，失落地轻轻叹了一口气。

大松鼠躺在他旁边，拨弄着身边的几颗松果，缓缓地告诉他：

"有的事情，比如磕松果，是可以练习的。磕得松果多了，你自然就能熟练地打开他们，然后得到一颗完整漂亮的松果仁。

"但是，这个世界上还有一些事情，即使你练习的次数再多，可能也没办法熟练掌握。

"比如，得到一颗不爱你的心。你模仿他梦中女神说话的语气，走他走过的路，跟他站在一样的高度看夕阳。

"你日日练习，希望能成为那个梦中女神，但你就是没有办法描绘出那颗心怦然驿动的弧度。

"如果爱你，也能通过练习去圆满，该多好。"

长颈鹿小姐的花瓣

长颈鹿小姐坐在篱笆上数花瓣：他爱我，他不爱我；他爱我，他不爱我……

从清晨数到了日暮。

最后一丝光线散尽之前，长颈鹿先生悄悄地站在长颈鹿小姐面前，从身后递出一捧玫瑰，眼角带着笑意问："数出来了吗？不够的话我这里还有。"

他爱我，他不爱我：他爱我，他不爱我……

风若再起，
你还会不会来

　　起风了，还在睡午觉的蒲公英被轻轻托起，他吃惊地伸出小手揉揉眼睛："呀！我飞起来了！这是要去哪里啊？"

　　风渐渐平息，小蒲公英安全降落在窗台上。隔着透明的玻璃，他一眼就看见了房间里美丽的紫色薰衣草。

　　"嗨！"薰衣草姑娘微笑着和这个从天而降的小伞兵打招呼。

　　就这么一个微笑，小蒲公英决定留下来。他在窗台破旧的小花盆里扎下了根，每天就这么陪着薰衣草，扭扭身子跳个舞，绘声绘色地把外面的故事讲给薰衣草听。薰衣草心里也觉得很温暖。

　　蒲公英觉得薰衣草太美了，几次想告白都没能说得出，心里想着，还是等她慢慢爱上我吧。

　　薰衣草觉得这个小伞兵那么贴心那么美好，外面一定

Romantic Story

有很多花儿喜欢他吧，我还是等他慢慢爱上我吧。

　　蒲公英和薰衣草就这么默默地带着各自的心意生活着。

　　日子一天天过去，秋风又起，风势越来越大。

　　一天清晨，薰衣草醒来，突然发现窗外的旧花盆里，只留下了空空的根。

　　蒲公英在夜晚被吹散到地球另一端，来不及道别。炽热话语，都散落在夜风里。

　　那些美好时光一下子都成了回忆。

　　不知过去了多久，薰衣草还在等，希望有一天能秋风再起，那个勇敢的小伞兵能再次从天而降。

　　晚安，飞散的蒲公英。

　　晚安，等归期的薰衣草。

不是怎么记得，就能怎么忘记

夜色渐沉，月色正美，水田边坐着一个孤零零的背影。

"忘了他吧，忘了他吧，忘了他吧……"

小狐狸耷拉着脑袋，嘴里不停地说着。

水田里的鲤鱼听了一晚上，实在忍不住了，他用尾巴扫了扫小狐狸泡在水里的脚丫，说：

"如果实在忘不了，就别急着忘记。太执着的想念，就像这一片朦胧的月光，白天消散不见，晚上又重现。"

陪你直到
暖　　风
过　　境

Part　1

碾一行爱的错落

你以为遥不可及只能远远观望的人，有一天突然出现在你的身边，陪你并肩走过一段美好。

你以为来日方长一直长情陪伴的人，有一天突然走失在你的生活中，留你一人抵御世间寒冷。

缘深缘浅，轮转太快，连低头擦眼泪的时间都不留给你。

错落有致，也是爱啊。

陪你直到
暖　　风
过　　境

缘深缘浅，轮转太快。
错落有致，也是爱啊。

星空浩瀚，爱意满满

入夜，草原上清风凛冽，羚羊小姐和羚羊先生依偎在一起看星星。

突然，一颗流星划过，点亮了羚羊小姐的眼眸。

她转过头，问身边的羚羊先生："天上的星星为什么会掉下来呢？"

"大概这片草原上有它特别想见的人吧。"羚羊先生摸摸羚羊小姐的头，满脸温柔地说。

"从那么高的夜空落下，一定很需要勇气吧。"羚羊小姐微微皱眉，"它的光芒转瞬即逝，也不知道有没有如愿见到想念的人。"

"会见到的。"羚羊先生一脸笃定。

星空浩瀚，人生如海。所有不可多得的一期一会和长久以来的念念不忘，都像星星们一样，你以为只是微光，背后却都深藏爱的力量。

流星坠落，尘光如梭。

雨中的浪漫

突然落大雨的午后，街道上瞬间开出了一朵朵伞花儿。

松鼠小姐拖着行李箱，站在橱窗前发呆。

显然，没有哪一朵伞花儿是为她开的。

她只好呆呆看着一簇簇的伞花从眼前流水般移动，还时不时被溅起的雨水逼得一再后退。

松鼠小姐咬咬牙，拖紧行李箱，准备冲进雨里，却被一股力量从身后拉住。

她回头，是露出一口白牙，笑盈盈的狐狸先生。

"松鼠小姐，雨中漫步固然浪漫，但如果被雨淋感冒了，可就不浪漫了。"

说着，狐狸先生松开手，做了个鬼脸。

他接过松鼠小姐的箱子，示意松鼠小姐往他身后站一站。

"上一秒，我多希望自己有把雨伞，能送你一程。而现在，我觉得能陪你在檐下躲雨，才是世上不可多得的吧。"狐狸先生转过头去，依旧笑盈盈地看着松鼠小姐。

松鼠小姐羞红了脸颊，悄悄上前一步，站在了狐狸先生的身边。

没有哪一刻的雨，比现在下得更及时了吧。

You are the sunshine

雨特别大，雨珠一颗比一颗落得快。

蚂蚁君撑着树叶儿去接她。

"我最喜欢下雨天了！"

"为什么？"

"因为这样就可以躲在雨衣下面偷偷抱紧你了。"说完她就自顾自地咯咯笑了起来。

蚂蚁君的心一下就晴了。

只有执着不肯甦醒和始终

不愿忘的心。

梦醒时分

夜半醒来，兔小姐听见外面落大雨的声音。

她起身来到窗前，拉开窗帘。

朦胧的水蒸气里，仿佛都能倒映出，梦里思念。

树影婆娑，窗台外的啄木鸟先生敲敲玻璃窗。

兔小姐回过神，推开了窗，请他进屋避雨。

啄木鸟先生抖抖身上的雨水，"兔小姐，夜凉雨大，为何呆呆站在窗前？"

兔小姐轻轻一笑，"没什么，做了个梦，梦里有个忘不了的人。"

"没有醒不来的梦，也没有忘不了的人，只有执着不肯醒和始终不愿忘的心。"啄木鸟先生坐在窗台上，笑着提醒兔小姐。

雨水惊蛰梦

雨水过后，泥土默默地吸收养分，各种生命在地底下蠢蠢欲动。

惊蛰来了。

小瓢虫揉揉眼睛，翻个身，懒懒地跟刚开出花的覆盆子说：

"我好像做了一个很长很长的梦，梦里面，还是梦。"

"我是其中一个吗？"覆盆子拢拢花瓣儿，轻悄悄地问。

一瞬间，晚风都是玫瑰色的了。

梦里思念，化作晚风，吹过心田。

爱的闹钟

阳光慵懒的午后，考拉先生睡眼惺忪地醒来。

他看了一眼身边还在熟睡的考拉小姐，阳光洒在她身上，温暖而美好。

考拉先生忍不住去亲吻考拉小姐，考拉小姐脸上突然泛起微笑。

"你甜甜的亲吻，可比闹钟管用多了。"考拉小姐一边说，一边害羞地抱着考拉先生，蹭了又蹭。

心中有梦，身边有你。

钢铁柔情

凌晨的机场静悄悄，所有的飞机都停在自己的跑道上。

"嘿，你旁边的波音兄弟怎么还没回来？"一架飞机指了指空着的位置问。

"可能晚点了吧。"话音刚落，波音就带着巨大的轰鸣声降落机场。

送走最后一班机的乘客，波音兄弟也圆满完成了今天的飞行任务。

机场里的飞机们伸出蜷缩了一天的手脚，坐在跑道上抽烟聊天。

而浪漫的波音兄弟偷偷给女朋友裁了一片星空回来，系在她的脖颈上当丝巾。

冷冰冰的机场啊，一下子就温柔了起来。

冷冰冰的机场啊，一下子就温柔了起来。

倾倒，在你的美好里

温柔的晨风起时，麇鹿小姐和麇鹿先生正在散步。麇鹿小姐害羞又紧张地说着过往，以及可爱的小笑话。

不知不觉竟穿过了峡谷和溪流，麇鹿先生一路无话，只是微笑。

麇鹿小姐心里有些失落，"他都没有回应我，一定是我说的太无聊了。"

终于，在一棵很老很老的桂花树下歇脚时，麇鹿小姐轻轻地问麇鹿先生："你，是不是，不太喜欢跟我一起散步？"

麇鹿先生用头上的犄角轻轻蹭了蹭麇鹿小姐，"我沉默，是因为，你说话的时候，嘴角带笑，眼里有光，脑袋一晃一晃的，可爱至极。我怕我的任何话语都会打破这美好的画面，除了静静欣赏，我好像没有别的选择。"

麇鹿小姐觉得，再没有哪个清晨，比今天的更美了。

麇鹿先生觉得，再没有哪里的景色，比眼前的她更美了。

陪你直到
暖 风
过 境

新年快乐

舞会，音乐，酒杯轻碰。

一年一度的森林狂欢节盛大开幕。

大家都在，笑着送别上一年，潇洒跨入下一年。

临近午夜零时，焰火准备就位，大家来到空地上。

"新年了，有什么愿望吗？"他转头看了一眼身边的她。

"嗯，有，"她停顿了一下，抬头望向低沉夜空。

"希望他可以快点来，陪我一起看人间烟火。在烟花飞上夜空，炸开的一瞬间，他轻轻拉起我的手，而我偷偷朝他的方向，再靠一靠。"

他勾起了她的手，她把头靠在了他肩上。

天空开出第一朵烟花，

说，我爱你。

说，新年快乐。

我爱你，新年快乐。

换一圈温暖相伴

你说，陪伴是什么?

不是，你娇艳明媚时，纷至沓来的

脚步。

而是，

见过你的骄傲和破败，

也要再陪你一个轮回。

我的晚安

我的晚安，
应该是小鲸鱼光滑的脊背，
是遥远云朵后面偷藏着的雨珠儿，
是冬夜温暖棉被上绣着的小碎花，
是悄悄穿过窗户的晚风，
是枕头下面掖着的一块素手帕，
是从捕梦网里溜进来的一只云雀。
那么，晚安。

陪你直到
暖　　风
过　　境

Part　2

再也不见，满地落叶

不知道为什么，云雀小姐总是躲在梧桐落下的层层叶子里，美丽的尾巴在落叶堆里特别显眼。

"喂，你干嘛总是躲在我们下面啊？"枯叶们感到十分不解。

云雀小姐拼命摇头，把尾巴往里面缩一缩，藏好。

"不知道，只是觉得会安全一些。"

云雀先生把她从枯叶下拽出来，拥进怀里，"这里，会更安全。"

再也不见，厚厚堆叠的满地落叶。

梦你所梦

"毛毛虫，你有梦想吗？"

刚刚采完花粉的蝴蝶路过歇脚。

"走你走过的路，看你看过的风景，梦你梦过的梦，这算不算梦想？"

不曾离去

小豆豆龙蹒跚学步，走两三步就回头看看妈妈是不是在身后。

"妈妈，你千万不要离开。"小豆豆龙一边回头一边跟妈妈说。

"去吧去吧，别害怕。"妈妈就这么微笑地看着小豆豆龙。

小豆豆龙在青草地旁回头的时候，妈妈在。

小豆豆龙在野蔷薇丛旁回头的时候，妈妈在。

小豆豆龙在篱笆院旁回头的时候，妈妈还在。

小豆豆龙在橡树抽芽时回头的时候，妈妈仍在。

时光走成刺眼的直线，可是每一次回头，妈妈都在。

一开始黑发及腰，肤白胜雪。

然后眼角皱纹爬上眉梢，身形渐消。

总有一天，只能用印象中的微笑代替。

但，只要你愿意回头，她都在。

只要你愿意回头，她都在。

时不时就会有这样一场大雨，却没有一场能打动，始终不愿抽离的眼睛。

陪你直到
暖　　风
过　　境

Part　2

大雨过后

森林，一场雨后，绿意更浓了，空气也安静了。

"亲爱的猫头鹰先生，请醒一醒。"大槐树下的小狐狸试图叫醒熟睡中的猫头鹰。

猫头鹰先生哼唧一声，眼睛睁也不睁。

"啄木鸟小姐，你现在忙吗？"他又去拍啄木鸟小姐的肩膀。

啄木鸟小姐只顾低头捉虫子，根本没有回应小狐狸的意思。

"松鼠先生松鼠先生，你应该不忙的，是吗？"小狐狸有些着急了。

"亲爱的小狐狸，看你那么着急，有什么可以帮到你的吗？"松鼠先生放下手中的松果，一脸笑意地问。

"不不不，我不需要帮助，"小狐狸连忙摇头，"只是大雨过后，森林里一下子长出好多美丽的蘑菇和鲜艳的野花，景致美极了，我想让你们也欣赏到。"

　　时不时就会有这样一场大雨，却没有一场能打动，始终不愿抽离的眼睛。

终究会好些呢

公交车每天从早晨七点开到晚上九点。

司机考拉师傅总是能在第一班车和最后一班车上见到小袋鼠。

早晨第一班车始发的时候，小袋鼠总是早早上车，给考拉师傅一个大大的微笑和礼貌的问候。

晚上，小袋鼠也总是坐最后一班车到终点站，跟考拉师傅说完再见和晚安之后，再慢悠悠地下车。

终于有一天，考拉师傅发现小袋鼠一个人从终点站默默往回走。

他很惊讶，问小袋鼠："你不是到终点站才下车吗？"

小袋鼠攥着口袋里的玻璃球，认真地说："我想，每天你一个人开着空荡荡的车该有多寂寞呀，有个人坐在那里陪着你，终究会好些吧。"

等你问出口

长颈鹿问小兔子："你怎么还不回家？"

小兔子不说话。

长颈鹿又问小兔子："你吃饭了吗？都这么晚了。"

小兔子仍旧不说话。

长颈鹿再问小兔子："你怕黑吗？太阳快落山了。"

小兔子还是不说话。

长颈鹿最后说："你是不是受委屈了才一个人待着？"

小兔子眼眶里的泪珠儿终于落了下来，抱着长颈鹿温暖的脖子蹭了又蹭。

不需要知道究竟受了什么委屈，有多委屈，只要有个人能把它问出口，就觉得一切都没有关系了。

陪你直到
暖　　风
过　　境

在你年少如花时，如约而来

爬山虎每天都用力地往屋顶上爬。

墙角的蜗牛拽拽他的脚，"爬山虎先生，陪我玩会儿吧。"

"不不不，我有很重要的事情要做呢。"爬山虎看着蜗牛，认真地摇头。

翩飞的蝴蝶掀起他的叶子，"爬山虎先生，歇会儿吧，看我跳支舞。"

"不不不，我有很重要的事情要做呢。"爬山虎头也不抬地说。

屋旁高大的香樟很不解地问他："什么重要的事情让你连休息都不肯？"

晚风吹来，爬山虎只是轻摆叶子，不说话。

终于有一天，爬山虎先生爬上了屋顶，整个房子都被

覆盖，夏天绿染如森林，秋天暖红似斜阳。

　　爬山虎先生紧张地敲敲屋顶的轩窗，"终于能如约而来，在你年少如花时，守护你夏有阴凉秋有被。"

看不见的世界，在心里

暖洋洋的午后，小香菇趴在妈妈背上慵懒地晒太阳。

"妈妈，我现在觉得好幸福，要是能一直这样跟你在一起就好了。"小香菇弯下腰在妈妈脸上吧唧亲了一口。

妈妈把小香菇轻轻地从背上抱下来，放到自己面前。

"这一生，你会经历很多重要时刻，在不同时刻陪着你的人也会不同。而唯一不变的，只有你自己。所以，不论快乐或是难过，你都要学会自己去感受，去成长。因为就连最爱你的妈妈，都不能一直一直陪着你。"

"总有一天你会看不见我。"香菇妈妈顿了顿，指着前方说："但你还是要坚定快乐地，向前看哦。"

"那我以后还能亲得到你吗？"小香菇歪着小脑袋问。

"可以啊，"香菇妈妈笑着说，"偷偷地，在心里吧。"

不论快乐或是难过，
都要学会自己去感受，去成长。

103

陪你直到
暖　　风
这　　境

Part　2

拼命躲的杯子蛋糕

糖果店灯光暧昧，满屋子的甜味香氛，来的大都是十指紧扣的一对。

每块蛋糕，每颗糖果，都挺着小胸脯，趾高气扬地站在五彩玻璃橱窗后面。

角落里有一只杯子蛋糕，胖鼓鼓的，站在灯光的阴影里。不仔细看，就不会轻易被发现。

每当有蛋糕被带走，她就睁大眼睛，目送她们远去。

"哇！会被带去哪里啊？"

"盒子里比我的角落还要黑吗？"

"被咬一口会不会很疼？"

每每想到这里，杯子蛋糕就会抖一抖，再往角落里缩一缩。

一天早晨，年轻的妈妈牵着小儿子来买蛋糕。

"妈妈，美丽的杯子蛋糕耶！"

说着，男孩的小胖手就拼命往里伸，把还不知道发生什么事的杯子蛋糕从角落里拽了出来。

　　"放开我！我不要被吃掉！！"

　　很明显，杯子蛋糕被吓到了。

　　"妈妈，你看，这么可爱漂亮，居然没有被买走！我能把她带回去吗？"

　　走出糖果屋，杯子蛋糕没有被装进包装盒，而是被小男孩捧在手里，走在阳光下。

　　可能，杯子蛋糕害怕的事情，最终都不会发生吧。

换你一圈温暖

长颈鹿小姐有长长的美丽的脖子，她特别喜欢那条有颗红色珠子的项链，每天都戴着。

"长颈鹿小姐，你脖子上的项链真好看，我能摸一下吗？"狐狸君说罢就跳起来去摸那颗珠子，没想到一下子把项链扯断了。

长颈鹿小姐哭了，"呜呜呜，那是我最爱的项链啊，她戴在我脖子上就像拥抱着我一样，让我有安全感。"

狐狸君捡起项链小声地说："对一不一起！"

说完踮起脚抱着长颈鹿小姐的脖子，温柔地蹭了蹭，"那换我变成你的项链吧。"

陪你直到
暖　　风
过　　境

有人可依

有一只很小很小的星球漂浮在宇宙中。

没有玫瑰花，没有小狐狸，也没有小王子，他只是一只很普通很平凡的小星球。唯一不一样的是，别的星球都有各自的轨迹，只有他，一直任意漂浮，没有固定轨道。

很多光年过去了，他不知徜徉在多少星球周围，打声招呼，狡黠一笑，来不及反应，就"嗖"地一声飘走了。是宇宙里出了名的调皮星。

终于有一天，他横冲直撞着，一头卡进了一个不大不小刚刚好的缝隙里。几番挣扎，无法脱身。

这是一只发着幽光，圆润光滑的明亮星。调皮星刚好卡进他的肚脐，给了所有光一个汇合点。

后来明亮星常常摸着肚脐，光彩动人地优雅转圈。调皮星也乖乖安静，在明亮星的轨迹里轻轻运行。

这个世界上最温柔美好的事，不过是知道自己在哪个位置，能做什么，有谁可依，轻轻慢慢到心轻似天堂。

迷路的小花豹

　　小花豹在丛林里迷了路，转了好多弯也走不出迷宫一样的森林。

　　于是，走了一路，哭了一路，委屈掉了一路。

　　突然在被荆棘覆盖的岔路口，看到了妈妈的身影。

　　"妈妈，你是怎么找到我的呀？"小花豹泪眼婆娑。

　　"我呀，闻到了你眼泪的咸味儿，听见了你心里的委屈。"

　　人生路漫漫，即使误入迷途，也不要害怕，因为身后总有妈妈的长长牵挂。

陪你直到
暖　　风
过　　境

手在这里，等你来牵

甜蜜蜜水果档寄住着各种水果，每天早晨它们都挂着新鲜的水珠儿挤在一起，然后又被装在不同的菜篮、提包、玻璃盒里带走。

不知你注意到没有，有一颗圆乎乎的牛油果小姐，一直都在。

她一会儿滚过去摸摸橘子阿姨眼角的皱纹；一会儿滚回来给草莓小姐再淋些水珠儿，好让她看起来更新鲜水灵；一会儿又跑去和香蕉先生聊天，安慰他因为香蕉小姐被带走的难过失落。

就这样一颗小小的牛油果，好像把甜蜜蜜水果档口都滚动得鲜活起来了。

"喂，牛油果小姐，"黑布林先生挪了一下笨重的身子，慢慢地问她，"你为什么一直不走啊？"

"因为想看到你们都能被妥善安置，安然等到被温柔大手带走的那天啊。"

水果档口门庭若市，日复一日。

某个阳光明媚的午后，牛油果小姐的手刚想伸出去再给草莓小姐撒些水珠儿的时候，恰好被站在档口前许久的一双大手温柔握住。

甜蜜蜜水果档口再也不见那个圆乎乎一直滚动的牛油果小姐了。

有些时刻，虽然来得晚一些，但终究会来。

因为你善良，所以值得被珍惜。

不必太介意离别，
因为每一个归期都是礼物。

Where is our father?

虽有别时，定有归日

雪候鸟爸爸每天都要飞到很远很远的地方去觅食。

一天清晨，雪候鸟爸爸亲吻过雪候鸟妈妈和小雪候鸟们后，振翅飞走。

不久，暴风雪降临。

"妈妈，爸爸每天这样辛苦地飞去那么远的地方，我好担心他。"一只小雪候鸟望着窗外风雪，一脸凝重地说。

"我亲爱的孩子，不用担心，因为他是你们的爸爸，我的丈夫。"雪候鸟妈妈把小雪候鸟们拥在怀里，轻声地说。

不必太介意离别，因为每一个归期都是礼物。

有些时刻，虽然来得晚一些，但终究会来。

花木之下，君心常伴

第一朵山茶开的时候，她还是骨朵儿；

第二朵山茶开的时候，她的眉眼才开始清澈；

第三朵山茶开的时候，她的腰身已日渐丰腴；

第四第五朵山茶开的时候，她竟有些伤感。

花期已近，一朝展颜便是荼蘼花事了。

"放心开吧，零落成泥后，陪你更护花。"身后的碧绿枝叶看出了她的担心，就趁着风起，把这句话吹到她耳边。

一任春景过，凋落的花瓣纷纷坠入尘土，清香如故。

枝头绿叶拼命从树上扯下自己，顺风而下，头也不回地落入了这片尘土。

就这么一年一年循环往复，馨香未绝。

你说，陪伴是什么？

不是，你娇艳明媚时，纷至沓来的脚步。

而是，见过你骄傲和破败，也要再陪你一个轮回。

北极不冷

　　小北极熊在冰面上打滚儿，北极熊爸爸跟在后面跑，"宝贝儿，慢点儿，小心冰渣子弄伤了你。"

　　企鹅小姐低头看书，企鹅先生走过来温柔地把企鹅小姐头上的蝴蝶结仔细摆正。

　　海豹宝宝趴在妈妈肚子上眯眼打盹儿，海豹妈妈满眼幸福地看着胖乎乎的小海豹们。

　　被仔细看顾，被温柔呵护，被悉心照料。

　　若是深爱，就贴心收藏，这样的北极一点也不冷。

被仔细看顾，被温柔呵护，被细心照料。

或许万水千山，
或许从一而终

　　小树袋熊越来越依赖自己出生以来就认识的那棵树，依赖到妈妈都有些吃醋。

　　"难道你就不能离开那棵树玩一会儿吗？"

　　"可是，妈妈，我可以有很多选择，去这棵树上，去那棵树上，去隔壁的树上，去两座山之外的树上。可是，这棵树，却只有我。"

　　这棵树，如果你也有其他选择，还会不会让这个小树袋熊依赖？

123

陪你直到
暖　风
过　境

Part　2

倾城不换，心之所安

国王，是很富有的国王，城池看不到边界，财富无法衡量。

然而国王觉得最珍贵的还是他唯一的小王子。

一天清晨，国王陪小王子在花园玩耍。初升的朝阳淡化了薄雾，他抱起小王子，指尖指向远处。

"我心爱的小王子，我用心为你积攒的这些以后都会冠你之名。"

"我只要这个就够了。"小王子挣脱国王怀抱，摊开掌心，是一只口琴。

他悠悠地吹起来，一匹小马飞奔而至，小王子露出笑容，抱紧小马的脖颈蹭了又蹭。

多少千金能抵得过温暖陪伴？

多少千金能抵得过温暖陪伴？

想让你看到世界的温暖

清晨，下过雨的森林，泥地铺上了厚厚的一层落叶。

刺猬先生开心极了，不停地在落叶里打滚儿，开心地笑着。

在打完最后一个滚儿停下来的时候，他隐约听到有轻微抽泣的声音。

原来，是丢了心爱发卡的松鼠小姐，坐在枝桠上掉眼泪。

刺猬先生轻轻地走到树下，刚想安慰松鼠小姐，松鼠小姐却突然"扑哧"笑出声来：

"你背上的果子真好看，像极了我发卡的颜色。"松鼠小姐的脸蛋上还挂着泪呢。

刺猬先生转过头，才发现背上扎着一颗鲜红果子。

"你喜欢啊，那就送给你吧。"刺猬先生从背上取下果子，递到松鼠小姐面前。

松鼠小姐捧着果子，挂着泪珠，甜甜地笑了。

以后，刺猬先生每天都会在森林里滚来滚去，扎上一颗果子，送给松鼠小姐。

"你为什么每天都能送我一颗这么好看的果子呢，刺猬先生？"

"只是不想再让你因为弄丢了发卡挂泪珠。"

如果、如果、如果，
如果的话。

如果的话

如果海浪咬住你的裙角，记得要在阳光下转圈。这样你就能收藏，彼时海风的温度，沙滩上的脚印，还有海水下面，鲸鱼眨眼的次数。

如果穿过长长的隧道，记得要睁开眼睛。黑暗中，或许你能捕捉，邻座女孩睫毛上的泪珠，倔强上翘的嘴角，还有她想隐藏在别人面前的，不开心。

如果飞机从你的正上方拖着尾巴轰鸣划过，试着抬头目送。M 先生的想念，C 小姐的唇彩亮片，E 太太的疲惫，还有 L 经理的公文包，都会从九万英里的高空纷纷掉落。

我说的是，如果的话。

所谓的心事

稻子问田埂："你在这里守望多久了？"

"好久了。"

"好久是多久呢？"

田埂沉默不语。

晚风问向日葵："你在这里守候多久了？"

"好久了。"

"好久是多久呢？"

向日葵一言不发。

好久是多久呢？该怎么跟你形容这段距离或者时光？

是从你在那儿，而我寸步难行那么久吗？

是从你四季更迭，可我只此一季那么久吗？

是从你不动声色，但我笑中带泪那么久吗？

那样的话，真的是，好久啊。

Part 3

走一段风雨之路

用锋利的刺抵御危险，
用柔软的怀抱守护温暖。

不用讶异，
你看到的有多锋利，
就会感受到有多柔软。

秘密花园的开启之路

传说有一座秘密花园，那里欢笑多于泪水，晴天盖过雨天，鲜花常开不谢，水草终年丰沛。

但是通往这座秘密花园的入口实在太多，且处处艰险，至今尚未有人抵达。

路过的一头小象，看到众多的入口处，常年聚集着许多小动物。

他非常好奇，便问他们为什么一直在这里徘徊。

小动物们异口同声地告诉小象，他们正深思熟虑，准备选出一条最好最快的抵达路径。

小象信步走进其中一个入口，时隔数月，传来了小象找到秘密花园的好消息。

小动物们纷纷问他，是如何选择了一条正确的路径。

小象笑了，根本就没有所谓正确的路，是我用汗水，把我选择的这一条路走成了正确的路。

我用汗水，把我选择的这条路走成了正确的路。

发酵一口袋的快乐

成群的羚羊迁徙而过，遇到路边慢悠悠的袋鼠君。

狂奔的羚羊们纷纷停下脚步，叫住袋鼠君，"嘿，袋鼠先生，你看起来平静又快乐。"

桉树下静静熟睡的考拉，一睁开眼睛就看见满脸笑意的袋鼠君。考拉不好意思地说："袋鼠先生，是你的笑容叫醒了我。"

雁群从空中飞过，袋鼠君仰起头唱一首轻快的歌送行，"袋鼠先生，你的歌声动人得让我们想留下来栖息。"

"你为什么如此快乐啊，袋鼠先生？"终于，另一个再次被袋鼠君的笑容叫醒的小考拉，问出了大家都想问的问题。

袋鼠君扯扯自己的大口袋，慢悠悠地说："因为呀，不快乐的都丢进风里了，快乐的都攒起来等着发酵呢。"

那么，你的大口袋在哪里呢？

因为是你，所以勇敢

　　小象胆子特别小，遇到一点风吹草动就把耳朵搭在眼睛上，一动不动，不敢睁开。

　　大家都嘲笑他，象妈妈也很着急，为什么小象不能像爸爸那样勇敢？

　　有一天，小象和象妈妈在森林里散步，突然一阵风吹来，把树上的果子吹落到石头上，发出巨大声响。

　　他突然冲到象妈妈前面，把妈妈的耳朵搭在眼睛上，然后紧紧抱住妈妈。

　　"这样你就不会害怕了，妈妈。"他紧张得都来不及搭下自己的耳朵。

　　或许，他从来都不是胆小的孩子。

不是没有软肋，只是你们看不到而已。

无法感同身受，只有甘苦自知

　　大丽花小心翼翼地避开围绕她的飞虫们，一旁的花蘑菇很不解，"你已经百毒不侵了，为什么还这么谨慎？"

　　大丽花苦笑着说："别人都以为我强壮得可以抵抗一切，事实是，我虽然能抵御许多病害，但如果有我招架不了的病，就会一触即殇。"

　　不是没有软肋，只是你们看不到而已。

　　也不是不会哭不会委屈，只是没有那么多感同身受，许多事情也不必说出口。

没有如果，都是结果。

不落泪珠儿的小乌云

小乌云在天际悠闲地飘荡，一会儿在太阳君身边蹭来蹭去，惹得太阳君鼻头痒痒；一会儿挂在彩虹上发发呆、荡荡秋千。

突然，她看到一团团的白云挤在一块儿，掉许多许多泪珠子。她非常非常惊讶："喂，你们居然掉泪珠子啊！"

轮到白云们讶异了："我们为什么不能掉泪珠子？这是作为云朵的本能啊。"

"我，我一直怕自己掉的泪珠子，因为它是灰色的，会伤害到大家，所以我就一直忍着。"说完，长久以来的委屈像得到宽慰一样，泪珠子啪嗒啪嗒像断了线。

长久以来的若无其事和辛苦坚守，终于被一语道破，眼泪便再也忍不住了。

陪你直到
暖　风
过　境

偷藏在时间海里的
一条无尾鱼

在时间海里，有这样一个传说，

说，幸福都藏在别的鱼儿尾巴下面。

于是，世世代代的鱼儿们，都成群成群地互相追逐，

我揪着你，你盯着他。

无尾鱼悄悄躲在石缝里，不愿意出去。

海贝在后面碰碰他，

"你为什么不去追幸福呢？"

沉默良久，无尾鱼突然捂住眼睛哭了出来，

"我都没有尾巴，只能追逐别人的幸福，却没办法给
别人幸福追。"

海贝看着不知道在追逐什么的鱼群，温柔地蹭蹭他，

"唉，其实你多可爱。"

陪你直到
暖　　风
过　　境

Part　3

要的是，恒久忍耐

　　小鲤鱼每天从河的源头游到河的尽头，要穿过纠缠的水草，大大小小的石头缝，还要抵挡鱼钩上充满诱惑的鱼饵。

　　因为每天黄昏，一个可爱的小女孩都会光着脚丫坐在河的尽头，唱一整个黄昏的动人歌谣。

　　"小鲤鱼，你每天都这样做，不累吗？不觉得无聊吗？"河蚌腆着大肚子晒着太阳懒洋洋地问。

　　"一点也不。"小鲤鱼的鲜红鳞片在水波里亮得像光线一样。

　　喜欢的事自然可以坚持，不喜欢的怎么也长久不了。

喜欢的事自然可以坚持，不喜欢的怎么也长久不了。

陪你直到
暖　风
过　境

选择远方，风雨兼程

　　农场里，有两匹茁壮成长的小马，他们从小一起长大，形影不离。

　　有一天，农场主抚摸着两匹小马，对他们说：

　　"我可爱的小马，你们已经长大，应该要自力更生了。现在有两个选择，一个是留在农场里协助拉磨，一个是去农场外面协助放牧，你们会怎么选择呢？"

　　"我、我、我还是留在农场里面吧，外面太危险了，还是拉磨比较安全。"其中一匹小马怯怯地说。

　　"让我去外面放牧吧，我想在草原上驰骋。"说着另一匹小马就哒哒哒地扬起了马蹄，"农场里的生活一眼可以看得到底，我更愿意去拥抱远方的未知和变化。"

　　农场主拍拍他的头，笑着打开了农场的大门。

希望你找到自己的路，我衷心地祝福你。

有且仅有一次的选择
已经呈现在眼前。

珍惜已得，没有如果

梅花鹿在树林里漫步。

在分岔路口，她停了下来。

左边入口鲜花簇簇，莺飞燕舞。

右边入口空无一物，栅栏疏离。

她来回踱着步，不知道该走哪一条。

犹豫良久，索性一闭眼，由着性子奔了出去。

穿过疏离的栅栏，面前是绝美的湿地。湖水清亮，茵草丛生，树木森然，雾气氤氲。

"多美！"梅花鹿心里想着，"这个入口虽然不起眼，里面风景居然如此美妙，若从另一入口进，岂不会更美？"

谁都不知道另一个入口背后是什么样的景致，因为有且仅有一次的选择已经呈现在眼前。

没有如果　都是结果。

仙人掌的辩护

胡桃夹子问仙人掌："你为什么会长那么多刺啊？"

仙人掌回答道："保护自己啊。"

"可是，也会伤害想要靠近你的人呐！"胡桃夹子抖抖身子说到。

仙人掌淡淡地抬起眼皮："哦，是吗？我都快要不相信，会有人披荆斩棘，直达内心了。"

是你先筑起防御，又怎么能怪别人不肯奋不顾身呢？

陪你直到
暖 风
过 境

Part 3

小丑鱼和蓝眼贝的温暖故事

　　小丑鱼是水族馆里最受欢迎的成员，因为他虽然丑，但是滑稽搞笑的表演常把大家逗得非常开心。

　　有一天，喧闹的鱼群散去后，小丑鱼游到假山旁歇息。他轻轻摘下脸上的丑陋面具，突然觉得有些难过，每天都在努力让别人开心，现在却不知道怎么把自己逗开心了。小丑鱼心里有些失落，摇摇尾巴，准备戴上面具离开。

　　"你是小丑鱼？！"从假山缝里游出来的蓝眼贝惊讶地叫了出来。

　　"不是！我不是！"小丑鱼吓得连忙擦掉眼泪，抱紧面具。

　　"原来小丑鱼也会难过啊！"蓝眼贝感叹道。

Be 😊
happy~

　　小丑鱼一下子不知道该说什么了。

　　"那今天换我来逗你开心吧。"蓝眼贝大声说。

　　她扭扭身子，晃晃脑袋，开始跳起舞来，就像小丑鱼平时表演给他们看的一样。整个剧场特别安静，唯一也是所有的观众——小丑鱼，就这样一边撑眼泪，一边笑着认真地看完了蓝眼贝为他带来的表演。

　　"今天我给你的快乐，都是从平时你给我们带来的快乐里来的。"蓝眼贝认真地说，"我们怎么忍心看着努力带给我们快乐的你，难过呢？"

　　晚安，希望每一条小丑鱼身后都有蓝眼贝。

不失锋利，饱有柔软

午后的阳光穿过层层叠叠的树叶，纤碎地洒在柔软的草地上，整个森林都氤氲着一股温暖甜美的气息。

刺猬君却一个人坐在草地上，偷偷抹眼泪。

路过的浣熊君摘下刺猬君背上一颗红红的果子，递到他面前。

"刺猬君，为什么要哭呀？"

刺猬君接过果子，擦擦眼泪，呜咽着说："小伙伴们都因为我背上有刺，害怕我会伤害他们，不愿意和我玩。"

浣熊君蹲下来，挠挠刺猬君的肚子，"可是你的肚子明明很柔软啊。我知道，你背上的刺是为了保护这里的柔软，对不对？"

刺猬君哭得更厉害了，"对呀对呀！就是这样！可是

他们不知道，抵御危险的时候我才会用背上的刺，而面对朋友的时候，我会敞开我最柔软的怀抱。"

我们都是用自己最锋利的部分，去守护我们最柔软的地方。

所以，千万别讶异，你能看到有多锋利，就会感受到有多柔软。

我们的努力，都真实地存在着，
因果循环，往复不休。

把努力握手上，
填补不圆满

白羊座的乌龟先生，特别心急，他最希望每天醒来就能到达心爱的兔子小姐身边。

狮子座的鲸鱼小姐，特别热情，她最希望每次经过虎鲸先生身旁时可以喷出最漂亮的水柱。

天蝎座的狐狸医生，特别害羞，他最希望给大家看病时可以摘下大大的白色口罩和大家"say hi"。

可是，乌龟先生常常等到月亮爬上来的时候才能赶到兔子小姐家，这时候的兔子小姐早已熟睡。

鲸鱼小姐确实喷出了漂亮的水柱，但她真的太热情了，高高喷起的水柱经常会把大家震跑。

狐狸医生每次想把口罩摘掉的时候，大家都有些害怕他锋利尖锐的牙齿，尽管他确实为大家治好了各种病痛。

你知道的，我们的世界常常难以圆满，甚至事与愿违。

想要认真抵达的，常常一路荆棘。

努力去争取的，又像握不住的沙。

但是没关系呀，回头看看整个过程。

走过的路，漂亮的水柱，治愈后的身体。

我们的努力，都真实地存在着啊。

枕一床记忆叶子

人来人往，山南水北，
树上长爱情，水里洗回忆。

有人偶尔经过，
惹这里野草疯长。

长久拥有，既为失去

兔小白和兔小灰一起坐在公园的长椅上看夕阳聊心事。

兔小白手里攥着一把糖果，兔小灰手里抱着一块卤味。

兔小白吃掉了凤梨味和西瓜味的夹心软糖，兔小灰啃掉了连皮带骨的一小块肉。

兔小白觉得，糖果其实也没有那么甜蜜，倒是兔小灰手上的卤味看起来油亮可滋。

兔小灰心想，卤味其实也没有那么肥美，倒是兔小白手上的糖果看起来鲜艳诱人。

于是，一整个傍晚的聊天，都变成了，心里惦念着彼此手里食物滋味的，假面舞会。

经常，我们是兔小白。

经常，我们又是兔小灰。

糖果的滋味，会因为不能在自己舌尖，而变得格外甜美。

而手里的卤味再肥而不腻，入口即化，也会因为握在自己手里，而变得寡淡无味。

如果你期待长久拥有，那本身便是个错误。

树上长爱情，水里洗回忆

草原上起风了，长耳兔从窝里钻出来，遇到坐在大石头上吹风的袋鼠。

"你在看什么？"长耳兔也爬上石头，在袋鼠旁边坐了下来。

"你看，"袋鼠随手一指，"人来人往，山南水北，树上长爱情，水里洗回忆。有人偶尔经过，惹这里野草疯长。"

"唔。"长耳兔觉得此刻的草原，比想象中热闹了些，风里都是野草拔节的声音。

秘密之歌

　　狐狸先生有一个装秘密的口袋，每当大家有心事无法说出口的时候，就去找狐狸先生，把自己的秘密放在他的口袋里。

　　狐狸先生也非常尊重大家，从来不会去偷探口袋里的秘密。

　　过了很久，大家提出来想看看自己当初留下的秘密。

　　狐狸先生打开口袋，只见秘密们排成排在歌唱。唱遗忘，唱释然，唱终于流转。

一切终会释然。

落下心事一片雪

晚来天欲雪，躲在草地里说着悄悄话的灰兔君和白兔君还浑然不知。

他们咬着耳朵，说着心事。

不知不觉，大雪覆盖原野。

"呀，你看，大雪把我们包围了！"白兔君拍拍灰兔君的肩膀说。

灰兔君抬起头，"真的呢，你看，我们的心事和悄悄话都被雪覆盖了。"

白兔君和灰兔君托着腮，坐在原野上，静静地看着雪越下越大。

"明年春天来临的时候，积雪消融，我们的心事会去哪儿呢？"白兔君自言自语。

"埋在厚野，长出新叶，摇曳在风里。放眼望去，都是我们留下的痕迹。"
灰兔君抖抖肩上的雪，轻轻地说。

你在我的记忆里，永世长存。

枕一床记忆的叶子

　　每天晚上睡觉前，长耳兔子君都会很努力地在胡萝卜叶子上刻下同一个名字，和一长串奇怪的字句符号。很快，他的床下就堆满了这样的叶子。

　　来家里作客的长颈鹿惊呆了："再写下去，你就没有地方睡觉啦！"

　　长耳兔子君坐在窗台上，看着远处沉下来的夜色，头也不抬："不会啊，我会睡得更安稳。"

　　并不是记忆力已经差到连想念都要用字句记录下来。只是躺在这些记忆上，就会觉得人生温情长远。

不曾见过的，美丽的，奇迹。

海里的蝴蝶

　　海星从礁石上跳下来，扭动身子大声呼喊礁石另一边的海蛎："喂喂喂，快看呀！那是什么？"

　　海蛎翻了个身，道："能有什么啊！长了翅膀的水母？不会吐泡泡的大鲸鱼？"

　　"不不不，特别美丽的、的、的一种，我猜可能是我从来没见过的，奇迹！"海星都激动得结巴了。

　　海蛎这才懒懒地爬到礁石上，看到随着海潮波动的优雅身姿，愣住好久，才说："美—呆—了！"

　　其实，只是一个断了线，被海浪卷进深海的蝴蝶风筝。

　　可是，却美艳不可方物地停留在，最最最深的海里，抑或是愿意懂得的心里。

为了那颗努力跳动的心脏，也不能把快乐落在身后呀！

美好常驻此刻

　　五月的傍晚，暖橙色的落日把小狐狸的身影拉得好长好长。

　　他耷拉着脑袋，显得孤单极了。

　　"嘿，可爱的小狐狸，你知道吗？你的尾巴被夕阳染得像火一样红，漂亮极了。"刺猬君坐在路边石头上热情地向小狐狸挥手。

　　"哦，是吗？我都没有发现呢。"小狐狸抬眼看了一下，又把脑袋耷拉了下来。

　　"你看夕阳多美啊，晚风也很清凉。哦，那篱笆架下，还开满了小花儿。"刺猬君从石头上蹦了起来，试图引起小狐狸的注意。

　　小狐狸还是低头不语，沉默地走着，渐渐在夕阳里走成一个很小的点。

　　"喂，小狐狸！我们左边身体里努力跳动的心脏，是为了让我们感应此时此刻的美好，千万别把快乐落在你的身后呀！"

陪你直到
暖　　风
过　　境

信仰不在的时候，只言片语都无法说出口。

信仰是力量之源

　　傍晚的时候，向日葵先生跟太阳说完"再见"后，便不再吭声。

　　"嘿，向日葵先生，晚上好呀。"

　　"嘿，向日葵先生，你看月亮出来了。"

　　"嘿，向日葵先生，你怕黑吗？"

　　"嘿，向日葵先生，你怎么不说话呀？"

　　"嘿，向日葵先生……"

　　小猫头鹰问话的声音越来越小，越来越轻。

　　向日葵先生微微睁开眼睛，虚弱得说不出话来。

　　信仰不在的时候，只言片语都无法说出口。

雪心

　　下雪了，角落里堆满了雪人。他们有鼻子，有眼睛，有围巾，有帽子，有笑容，可是，哪一个是有心的呢？

　　也许未必没有，只是阳光来得太快，而他们都只擅长跳动在你呼吸匀厚浑然不知的夜里。

　　你看不见的，不代表不存在。

　　你眼睛盯着的，不代表真实。

想游回去的鱼

孤寂的大海里，有一条拼命想游去另一片海域的鱼。

他觉得自己太内向，想去隔壁那片热闹的海域多认识一些新朋友。可是游过去以后才发现，许多事情不是在热闹的海域呆着就能解决的。

海域里越热闹，他反而越孤独。于是，又想游回去的他，突然发现，回去的路已经长满茂密的水草，再也无处寻觅。

我们都有一片自己的海域，你要勇敢尝试，但也不要迷失自己。

陪你直到
暖　　风
过　　境

Part　4

谱一曲精彩旅程

你听，

周围都是喧闹的声音，推涌着你

成为别人眼中的自己。

而真正的自己，

又在哪里？

多的是你不理解的事

猫头鹰一点也不能理解那些一到晚上就睡觉的生物，城市的白天那么拥挤，负荷着满满的欲望，为什么还要在外面流浪。

鲸鱼一点也不能理解在岸上生活的人们，明明就是能直立行走，为什么还要卑躬屈膝。

蜗牛一点也不能理解跑得飞快的花豹，时间明明就在这里啊，为什么他还要那么赶。

我也有许多没有办法理解的事物，有的时候甚至是我自己。

陪你直到
暖　风
过　境

Part　5

明早见咯，豆子们

百合、红豆、枸杞、红枣一起滑进锅里，咕嘟咕嘟咕嘟。
锅盖快被盖上的一瞬间，好像有声音响起。

"喂喂喂，红豆红豆，我们怎么会在这里？"

"红枣红枣，你怎么变得那么胖！"

"哇！百合，你有没有觉得好烫好烫？"

只有枸杞最淡定了，他说："作为早餐，你们的话好
多哦！"

陪你直到
暖 风
过 境

海狸树芽银行

Haili Bank

海狸先生走进镇上一家海狸树芽银行，大堂经理海狸小姐很热情地接待他。

"先生您好，请问您是存树芽还是取树芽？我看您没带树芽来，应该是取树芽的吧？"说完就把他往3号窗口领。

"不不不，"海狸先生显得有些紧张，"我不是来取树芽的，也不是来存树芽的。"

"哦？"海狸小姐有些疑惑，"那您是？"

海狸先生把手捂在胸口上，轻轻地问："你们这里能存取爱和思念吗？"

尽管声音很小，却足以让整个银行大厅瞬间安静。海狸们看着自己手里的树芽，愣住了。

我们可以把树芽存进银行，保鲜、储藏。

那么爱和思念呢？

在我们拥有大把爱和思念却无处挥霍的时候，在我们心有所失又无法修复的时候，该怎样安放和支取？

可能银行无法为我们保存，冰箱也不能永久保鲜，甚至连影像都会泛黄褪色。

那么我们是不是更应该为自己寻得一处角落，好好存放爱和思念？

世界唯一的你

　　可能是当时上帝打了个哈欠，或者走了一下神，真不巧，从一出生，他就是一只灰色的乌鸦。

　　"妈妈，我好像跟大家不太一样哎。"

　　在一片漆黑中，这个小灰鸦分外显眼。

　　"不，是他们和你不一样，唯一的，是你。"

　　已经有那么多别人了，为什么不成为世界上唯一的你?

这个世界上有那么多的花好月圆，你却偏偏选择一个人走十里长街。

痴心执一念，无情换多情

　　小狐狸误闯进一座秘密花园，带着好奇一路流连。

　　美丽娇艳的花朵，圆润饱满的石头，香气摇曳的微风，纷纷邀请小狐狸留下来，陪他们一同看无与伦比的日出和日落。

　　每一次，小狐狸都在心里一遍又一遍地回想来时的路，然后摇摇头径直朝前走，秘密花园里叹息声一片。

　　这个世界上有那么多的花好月圆，你却偏偏选择一个人走十里长街。

　　小狐狸紧紧按住自己的胸口，心里有一片玫瑰色的风景，无可比拟。

　　要么找到，要么留白。

陪你直到
暖　　风
过　　境

愿你永守纯真

西瓜虫蜷成一团，躲在碧绿的叶子里滚来滚去。

小松鼠拖着大尾巴转着圈儿经过，他觉得应该只是一阵风吧。

大象缓慢又厚重地甩着鼻子走来，他觉得可能只是远方村庄里欢庆的鼓点吧。

蝴蝶收起翅膀停在花朵上歇脚，他觉得大概是天空开始落雨了吧。

不出去看一看，永远不会了解外面的世界。

但是，出去了，也要始终守住心里最初的那份纯真。

出去了，也要始终守住心里最初的那份纯真。

她酸甜与否，柔软与否，圆润与否，青涩与否，只要是我的果子，都好。

结个果子给秋天

夏天慢悠悠地过，秋天静悄悄地来。

绿色从浅绿、嫩绿、青绿、深绿到墨绿，又渐渐转灰，而后烧成金黄和鲜红。

一树繁花也不再招摇，开始沉默不语，积蓄力量。

"你想结个什么样的果子啊？"最上面的那朵打破了沉默。

"唔，说起来，如果有一颗圆溜溜、红扑扑、光滑可爱的果子，应该是件不错的事呢。"五个瓣儿一脸期待地描述。

"甜蜜多汁，芬芳馥郁，不才是最好吗？"六个瓣儿抖抖身子。

　　"我的果子最好青涩里带粉红，酸甜适宜，胖胖的讨人喜欢呢。"
三个瓣儿笑红了脸，好像明天就能结出果子一样。

　　"她酸甜与否，柔软与否，圆润与否，青涩与否，只要是我的果子，
都好。"

　　也不知是哪朵花儿，几个瓣儿。

　　话音未落，晚风微醺。

橘子小姐没有心

橘子小姐没有心。

她非常非常羡慕有心的木瓜小姐。

终于有一次，她和木瓜小姐坐在公园的长椅上一起聊天看日落，一不小心说出了自己的心声。

木瓜小姐很慷慨地给了她一颗，"拿去吧，反正我有很多啊。"

橘子小姐特别特别开心，小心呵护。

某个懒洋洋的午后，她发现心不见了。翻遍家里所有角落，失无所踪。

难过得快哭的橘子小姐跑去找木瓜小妲。

　　木瓜小姐微笑着安慰她："不哭不哭，我再给你一颗，你不要难过。"

　　橘子小姐又视若珍宝地捧走了。在某个跑完步大汗淋漓的傍晚，心又不见了，即便哭闹后悔也找不回来。

　　木瓜小姐拥抱了橘子小姐，"其实你可能并不需要。本来就不需要的东西，拥有了再失去，其实结果并没有改变，却多了份失落，多奇妙的人生。"

　　后来，橘子小姐再也不吵嚷着要一颗心了。

远方之远，
不敌心里一席之地

乌龟背着壳蹲在一块岩石下歇脚，岩石问他要去哪里。

他说想找一个宁静安远的地方。

"那你找到了吗？"岩石追问。

"还没有，好像还有很长的路要走。"乌龟朝远处看了看。

"为什么不往心里走呢？"岩石轻声说。

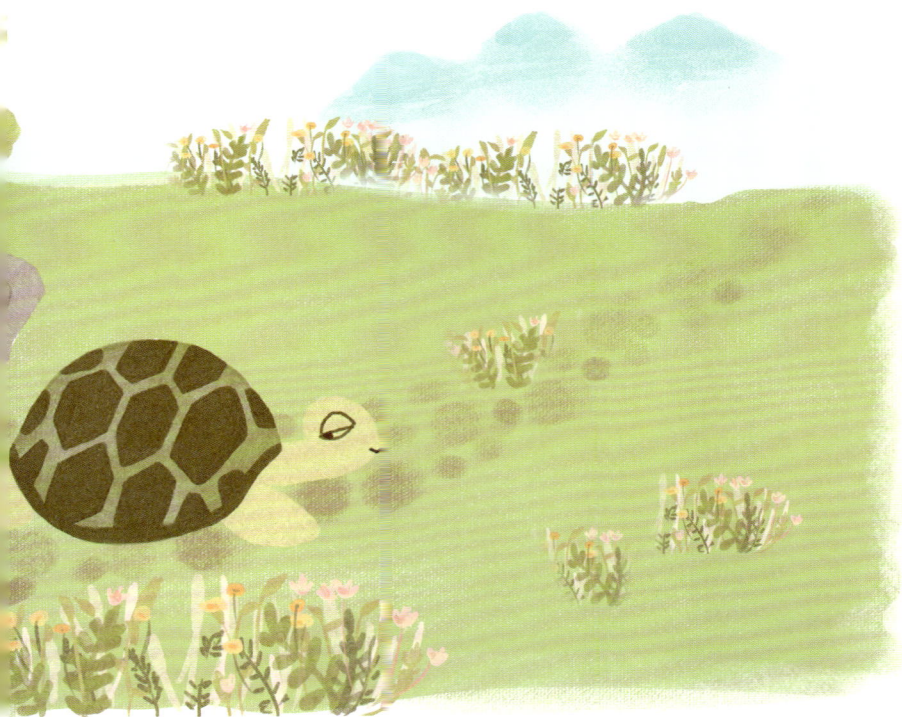

陪你直到
暖　风
过　　境

纷扰中愿你终于是自己

清晨的茶林里一片寂静，静得都能听见叶芽拔节生长的声音。

"真好，我要再长快点，这样就能被摘下，变成芬芳的茶叶供人们争相品尝了。"长得最快的那株茶苗骄傲地对同伴们说，引得周围一阵艳羡。

长在最角落里的那株在心里默默地说："我才不要为了被别人喝掉而生长。"

你听，周围都是喧闹的声音，推涌着你成为别人眼中的自己，那什么时候才能做真正的自己？

陪你直到
暖　　风
过　　境

Part　5

只是慢一些而已

小海狸觉得身体有些不对劲，就去医院检查。

医生拿着听筒给他听心音。

"怎么样，医生？"他急切地问。

"没什么，心跳慢了些。"医生慢悠悠地说。

"就是不容易心动的意思吗？"

慢一些，才可以更好地感受呀。

慢一些，又有什么关系。

唯一站台的等待

　　小考拉在唯一站台等公交。

　　呼啦啦涌来一波又一波的人群，蜂拥上车后，一次次留下一直在等的小考拉。

　　"3 路、5 路、8 路、11 路、23 路……过去了那么多辆，难道是我等错了？还是根本就没有我要等的那一辆？"小考拉看着渐渐暗下来的天色，心里有些犹豫。

　　就在他想要转身离开的瞬间，漆黑的夜色里出现两抹光亮，越来越近，越来越近，最后停在小考拉面前。

　　"呀！"小考拉惊喜地喊道，"原来我没有等错！"

　　"是的，孩子，因为你是那个唯一想去永远站并且坚持等到最后的考拉。"

陪你直到
暖　　风
过　　境

Part　5

笨拙的，但是非常认真的

小狐狸带着狡黠的笑容从小浣熊面前走过，别在身后的手心里紧攥着心机。

小孔雀拉着美丽的大裙摆从小浣熊面前走过，蓝绿色的羽毛里缀满了高傲。

小狐狸和小孔雀都非常不解地问："小浣熊，为什么你的生活这么平淡？"

小浣熊推推鼻梁上的黑色镜框，缓慢地说："我赞美你们的经历和人生，但是我不羡慕，因为那是你们的，而我有，在你们看来是笨拙，但于我而言非常认真的，我的人生。"

笨拙的，但是非常认真的，人生。

你听，周围都是喧闹的声音，推涌着你成为别人眼中的自己。

请勇敢开始

山顶上有一颗花苞，躲在漫山遍野盛放的花丛里，迟迟不愿开花。

有一天，旁边的花朵儿终于忍不住了，用叶子推推她。

"亲爱的，花期就要过了，你怎么还不把花开出来啊？"

花苞摇摇身子，说道：

"我不要，我不要，花一开，不多久就要凋谢了。"

旁边的花朵儿笑了：

"亲爱的，可是你至少绽放过啊。不能因为知道终要结束，就不让美好的旅程开始吧？"

陪你直到
暖　　风
过　　境

Part　5

寻一段精彩旅程

北极常年冰川凛冽，小企鹅从出生就只见过这一片白色的世界。

书上说，外面的世界，有黑色的土地、绿色的树桠、粉色的小花，还有五光十色的霓虹。

可是这些，北极都没有，小企鹅也从未见过。

有一天，他告诉爸爸妈妈，想要去看看外面的世界。

爸爸妈妈惊呆了："外面的世界太危险了，你看我们祖祖辈辈都在这里，从来没有出去过，你这样是会吃很多苦的。"

小企鹅昂起头："我不怕，我就是想要去看看外面的精彩。"

在爸爸妈妈的不舍中，小企鹅坐船离开了。

一路上，那些只在书里出现的画面都鲜活地映入他的

眼帘，他觉得世界一下子亮了起来。

当然，他已经历过暴雨的洗礼，熬过饥寒交迫的夜。

所幸，一切都值得。

最终，他还是回到了白雪皑皑的北极。

但是他的梦里常常有飘落的粉色樱花，发芽的青青草地，还有七彩的虹。

而这些，都是他用自己的勇气和坚持换来的。

你终要远走　让暖风替我送你一程

亲爱的素未谋面的读者，谢谢你们一篇一篇把这些小故事读过，然后让目光来到这里。

先和你说说，这本书的起源吧。

其实，在写这些小故事之前，我处在一段特别低落的人生状态里。那时候的我也真的绝望到以为自己会就此停滞，不再变好。但是，我逐渐变得乐观向上，勇往直前。我不感谢那些经历，我感谢从那些经历里获得力量并强大起来的自己。

大概经历过低谷的人都会对幸福、温暖和能带给你正能量的东西特别敏感，即使只有一丁点儿，你都能感觉出来，然后紧紧抓住，让那一小点儿积极的能量不断扩大，去温暖自己，保护自己。

这些小故事，就是我从生活里嗅出的一个又一个正能量的小点儿，我要把他们都记录下来，把这些力量积攒起来，这样以后再经历挫折的时候，就有储备的能量了。这就是我当时写小故事的初衷。

2015 年 8 月某一个午后，在公司的洗手间，我遇到了明媚，她提到了"为你写诗"这个原创平台，我提到了我的那些小故事，然后一切就如此自然地发生了。我认识了"为你写诗"平台的创始人老范，他找大家把小故事写成非常漂亮的手写版，为小故事配上了非常可爱的插画，然后每天在"为你写诗"的公众号上推送，我也因此认识了很多朋友。后来，2015 年底，老范说"为你写诗"要帮我完成出书的梦想，于是在 2016 年 1 月 1 日，我们开展了众筹出书的活动。再后来，出版社的编辑老师在活动的推广文章下面留言，表示愿意为我们出版这本书。

你说，这仅仅是巧合吗？我更愿意相信，这是冥冥中上天给我的一份人生大礼。感谢在这个过程中，拥有共同信念并一起为之努力的朋友，感谢从未想过放弃的自己。我一直坚信，暖风终会吹拂过寒冷的大地。

我曾不止一次地和明媚感慨，人生啊，真的好神奇好微妙。那些我曾经偷偷种下的梦想的小芽，因为遇到了你们，于是慢慢开出花来。如果那天我早去5分钟，或者明媚晚去5分钟，可能就不会有现在的一切了。

"对啊，靠谱的人注定会走到一起嘛。"我始终记得明媚笑着和我说的这句话。

山长水远，因果循环。你走的每一步都算数，你经历过的每一段都有意义。从来没有平白无故这一说，那些一定会闪闪发亮的际遇，都默默地积蓄着力量，等你去遇见呢。

还没有爱到的人，以为不会再开始的旅程，偷偷藏起来的写在手心的名字，他们也不想就这样轻易被你放弃，所以你更要加油呀。

勇敢一点，努力一点，你值得更远更好的世界。

不得不坦诚地说，往后的一路上，会有很多人告诉你所谓的道理和规则，你也会在前行中撞到棱角分明的边界，疼得不敢迈步。但是，不要放弃前行的勇气，你一定要咬着牙打回去，然后积蓄更深的善意和温柔。不希望你百毒不侵，却盼着你以盔甲护真心。

最后的时刻，除了要感谢此刻捧着书的你们，我还要感谢，让小故事变得立体的插画师暖暖，还有拼命挤时间给插画上色的修修。因为你们的付出，这本书才得以完整，也因着你们的美好，我们才能最终走到这里。

谢谢为你写诗，谢谢明媚和老范，谢谢一路陪我们走来的大家。旅程再远，也总要结束，冬夜再寒，也总有温暖相伴。

结束之前，抓紧这最后的时间，再和你分享我心里的真挚。

有好多话、情绪还有爱，想要告诉这个世界。
可是，现实难免残酷、冰冷、不近人情。
你揪着心在长街巷尾偷偷哭红双眼的时候。
你清冷地在城市高楼看万家灯火的时候。
你倔强地在人群里用笑容融化寒凉的时候。
你咬着牙为了爱快坚持不下去的时候。
希望这些句子，可以让你觉得，
人生温情长远，
总有深情可依。

沙 悦
2016 年 9 月 19 日 深夜

The end